Micky

Der kleine rote Kater

Dieses Buch widme ich meinem Kater Micky, der aus Rumänien kam und leider nur sechs Wochen bei uns lebte. Er ist am 08.02.2012 gestorben und wurde nicht einmal ein Jahr alt. Wir werden ihn immer in Erinnerung behalten.

Gisela Kurfürst-Meins
Micky
Der kleine rote Kater

Bibliografische Information der Deutschen Nationalbibliothek:
Die Deutsche Nationalbibliothek verzeichnet diese Publikation in der
Deutschen Nationalbibliografie; detaillierte bibliografische Daten sind
im Internet über http://dnb.dnb.de abrufbar.

*Illustration: **Gisela Kurfürst-Meins***
*Korrektur: **Sebastian Schmidt (**www.lektorat-textbasis.de**)***

Herstellung und Verlag: BoD – Books on Demand, Norderstedt

ISBN: 978-3-7322-9980-5

Inhaltsverzeichnis

Vorwort

Dieses Mal erzähle ich in meinem Roman von Micky, einem Kater der in Griechenland aufwuchs und der es nicht immer gut hatte.

Katzen und Hunde haben es in Griechenland nicht leicht. Sie werden gequält und misshandelt. In den Monaten, in denen es keine Touristen gibt, legt man Giftköder aus. Die Tiere verenden qualvoll.

Zu vielen Menschen fehlt das Bewusstsein für Tiere als Wesen, die auch Schmerzen empfinden.

Sie bekreuzigen sich in der Kirche und quälen einige Minuten später einen Streuner zu Tode, ohne dass ihnen dabei die Heuchelei ihres Verhaltens auffiele. Bereits Kinder misshandeln, unter den wohlwollend-lächelnden Augen ihrer Eltern, Tiere!

Natürlich sind nicht alle Leute in Griechenland Tierquäler. Dort gibt es, genau wie in jedem anderen Land, gute und schlechte Menschen.

Solange es Menschen gibt, die sich für die hilflosen und gequälten Tiere einsetzen, ist die Hoffnung noch nicht verloren.

Mickys erste Wochen

Es war in einer kleinen Taverne in Griechenland.

Die Katze Elektra hatte in einem Hinterzimmer drei Babys zur Welt gebracht. Spiros, der Wirt der Taverne, kümmerte sich liebevoll um seine Katze.

Er hatte Gott sei Dank Abnehmer für die Babys gefunden. Den Kater wollte eine griechische Kellnerin, die zwei Katzen ein deutsches Ehepaar, das seinen Lebensabend auf Korfu verbrachte. Aber erst einmal mussten die Kleinen groß werden.

Spiros liebte Elektra. Er hatte sie vor drei Jahren in einer Mülltonne entdeckt und sie aufgepäppelt. Doch er konnte sich mit der Kastration von Katzen nicht anfreunden. Er dachte immer, dass es nicht natürlich sei, ein Tier kastrieren zu lassen.

Immer wenn seine Elektra Junge bekam, versuchte er, sie zu vermitteln. Wenn es nicht klappte, fütterte er die Jungen durch, bis er seine Taverne schloss. Nur Elektra nahm er mit in seine kleine Wohnung in Ipsos.

Im Winter, wenn es keine Touristen mehr auf der Insel gab, waren die Katzen sich selbst überlassen. So kam es, dass im Frühjahr, wenn Spiros sein Restaurant wieder öffnete, nur noch sehr wenige Katzen auf seinem Gelände lebten.

Der Kater aus dem Wurf war ein besonders hübscher Kerl, er hatte ein schönes rotes Fell, einen weißen Latz und weiße Pfötchen.

Die Wochen vergingen, Spiros mochte den „Roten" sehr und hätte ihn am liebsten behalten. Doch Opala, die Kellnerin, kam und wollte ihn abholen. Der Grieche hatte keine andere Wahl, als sein Wort zu halten. Er holte den Kleinen und gab ihn der Frau. Diese nahm den Kater und sagte zu ihm: „Du bist aber ein ganz Hübscher, ich werde dich Micky nennen. Du wirst es gut bei mir haben." Dann setzte sie ihn in die mitgebrachte Kiste. Sie bedankte sich bei Spiros und fuhr mit ihrem Auto davon.

Micky bei Opala

Opala arbeitete als Kellnerin in einem hübschen Lokal am Strand. Sie war eine gutaussehende Frau Anfang zwanzig. Opala hatte oft mehrere Freunde gleichzeitig. Sie nahm es mit der Treue nicht so genau. Im Moment vergnügte sie sich mit Alexandros und Pyrros. Sonntags erholte sie sich von ihrer anstrengenden Woche. Sie wusste selbst, dass es so nicht weitergehen konnte, aber sie verliebte sich immer so schnell.

Micky wollte sie eigentlich nur, weil sie kleine Katzen so niedlich fand. Erst war sie Feuer und Flamme für ihn. Sie stellte ihm ein Kistchen ins Bad, er hatte zwei Näpfe, eins für Futter und eins für Wasser. Sie nahm ihn mit ins Bett. Dem Kater fehlten am Anfang seine Mutter und seine Geschwister, aber dann gewöhnte er sich an Opala.

Doch Micky war sehr oft allein in der kleinen Wohnung. Manchmal kam die Kellnerin gar nicht nach Hause und dann hatte er auch kein Futter. Deshalb miaute er auch oft und das nicht gerade leise. Die Nachbarn beschwerten sich schon bei ihr.

Eines Morgens, Opala war gerade nach Hause gekommen, wurde sie von einer älteren Frau angesprochen. Sie sagte zu Opala: „Mädchen, so kann das nicht weitergehen. Mir tut dein armer Kater leid. Gib ihn mir, ich würde ihn sehr gerne versorgen." Und weil Opala der Kater schon langsam zur Last fiel, stimmte sie zu. Micky kam zu Hera.

Micky und Hera

Micky gewöhnte sich sehr schnell bei Hera ein. Sie ging sehr liebevoll mit ihm um. Er bekam immer pünktlich sein Futter und Wasser. Sie spielte mit ihm. Micky fing an, die alte Frau gernzuhaben.

Ab und zu kamen ein paar Freundinnen von Hera und sie spielten gemeinsam Karten. Micky lag dann immer auf einem Sessel und döste vor sich hin. Er wurde oft von den Frauen gestreichelt. Er genoss die Fürsorge.

Opala verändert ihr Leben

Opala war endlich zur Vernunft gekommen und wollte mit Christus, ihrer großen Liebe, zusammenziehen. Deshalb verabschiedete sie sich von Hera und fragte, ob sie Micky noch einmal sehen dürfe. Hera hatte nichts dagegen. Doch als Micky Opala sah, flüchtete er unter die Couch. Sie hatte ihn allzu oft enttäuscht. Opala sprach in den Raum: „Recht hast du, mein Kleiner, ich war dir gegenüber nicht gerade nett. Wegen mir musstest du oft hungern. Ich hoffe, du verzeihst mir eines Tages. Jetzt würde ich alles anders machen. Ich glaube, mein Leben verläuft von nun an in geregelten Bahnen. Mach's gut, kleiner Roter, ich mag dich trotz alledem sehr gern." Dann rollte ihr eine Träne die Wange hinunter. Micky kam aus seinem Versteck, er merkte, dass sie es gut mit ihm meinte. Opala nahm ihn ein letztes Mal auf den Arm und gab ihm einen Kuss auf die Nase, dann ließ sie ihn herunter und ging.

Mickys Leben verändert sich auch

Hera ging es an diesem Morgen gar nicht gut, sie hatte entsetzliche Schmerzen in ihrem linken Arm und der Brust. Deshalb rief sie bei der Ambulanz an. Zehn Minuten später kam ein Krankenwagen. Hera hatte einen schweren Herzinfarkt und musste sofort ins Krankenhaus. Doch was sollte mit Micky geschehen? Sie war nicht mehr ansprechbar. Der behandelnde Arzt hatte keine Zeit, um sich darum zu kümmern. Er sagte zu seinem Pfleger: „Klingle doch mal bei den Nachbarn, da wird sich schon einer kümmern." Das tat der Pfleger auch, doch keiner wollte sich mit einem unnützen Tier belasten. Deshalb ließ der Pfleger den Kater nach draußen auf die Straße.

Dann fuhren sie mit Hera ins Krankenhaus. Doch die alte Frau erholte sich nur sehr langsam von ihrer Krankheit. Später kam sie in ein Seniorenheim, um Micky kümmerte sich niemand mehr.

Micky auf der Straße

Micky lebte von nun an auf der Straße. Er war noch kein ausgewachsener Kater und fing selten eine Maus. Micky ernärte sich hauptsächlich von Insekten und Abfällen. Ab und zu wurde er auch gefüttert. Der kleine Rote sah noch sehr jung aus, deshalb hatten ein paar Menschen Mitleid mit ihm.

Eine Frau, die in einer Hotelanlage als Köchin arbeitete, hatte Erbarmen mit Micky und nahm ihn mit zu den anderen Katzen der Anlage. Dort lebten zwölf Katzen, die im Sommer gut von den Hotelmitarbeitern versorgt wurden.

Micky in der fremden Katzenkolonie

Die Frau setzte ihn auf den Boden und ging an ihre Arbeit.

Micky schaute sich alles genau an, er roch, dass hier Artgenossen lebten. Er traf auch gleich eine Katzenmutter mit ihren zwei halbwüchsigen Jungen. Sie fauchte ihn sofort an. Er versteckte sich in einem Gebüsch. Dann wurde es Abend und die Köchin stellte den Katzen das übriggebliebene Essen hin. Heute waren es Spaghetti mit Hackfleisch.

Micky hatte großen Hunger, doch die anderen Katzen fauchten ihn weg. Er war fremd und es war nicht sein Revier. Deshalb wartete er, bis sie sich satt gegessen hatten. Doch das Fleisch war schon fast aufgefuttert, nur noch ganz wenig bekam er ab. Außerdem waren die Spaghetti sehr stark gewürzt, doch das war ihm im Moment egal. Als er sich halbwegs satt gegessen hatte, beobachtete er die anderen Katzen. Fast alle waren nicht sehr viel älter als er. Es lebten hier meistens nur Mädchen. Die zwei Kater waren genauso fremd wie er. Micky näherte sich dem einen von beiden, er war höchstens ein halbes Jahr alt und grau getigert. Er ließ Micky näher kommen. Micky schnüffelte an ihm, der andere gab ihm einen Nasenstüber und der Bann war gebrochen. Sie wurden gute Freunde.

Micky und Eros

Micky und Eros, so hieß der Kater, wurden unzertrennlich. Mit der Zeit akzeptierten ihn auch die anderen Katzen. Am Morgen trieben sie sich vor dem Restaurant, in dem die Touristen ihr Essen einnahmen, herum. Denn es fielen immer ein paar Bissen für sie ab. Am Tag schliefen sie viel. Gegen Abend warteten sie wieder auf Futter und nachts liefen sie in die nahen Berge und versuchten, ein paar Mäuse zu fangen. Oder sie tobten miteinander. Es war eine schöne Zeit. Doch dann kam der Herbst und die Hotelanlage wurde geschlossen. Die Katzen bekamen kein Futter mehr. Sie mussten nun sehen, dass sie selbst zurechtkamen.

In anderen Hotelanlagen war es noch schlimmer, da wurde die „Katzenplage", wie so häufig in Griechenland, nun auf die übliche und kostengünstigste Variante beseitigt: Man legte Köder mit Rattengift aus, die von den verhungerten Katzen gefressen wurden, bis alle elendig unter fürchterlichen Schmerzen daran zugrunde gingen.

Doch zurück zu unseren beiden Katern.

Micky und Eros blieben noch eine Weile dort, doch dann suchten sie sich einen Unterschlupf. Es gab auf Korfu eine Menge Ruinen. Den Griechen ging es nicht mehr sehr gut und die meisten, die sich ein Haus bauen wollten, konnten es nicht zu

Ende bringen, weil das Geld fehlte. In so einer Ruine fanden die beiden kleinen Kater einen Unterschlupf. Es war aber auch eine Katzenmutter mit ihren zwei Jungen dort. Den Kleinen ging es gar nicht gut. Sie hatten Katzenschnupfen und Parasiten. Die Mutter war abgemagert und hatte kaum noch Milch. Ab und zu kam eine alte Frau und stellte ihnen Essensreste hin, welche aber die Kater meistens wegfutterten. Es galt eben das Gesetz des Stärkeren. Bald starb auch ein Junges und ein paar Tage später das zweite. Die Mutter zog dann weiter.

Aber auch den beiden Katern ging es nicht besonders. Sie hatten durch das stark gewürzte Essen schlimmen Durchfall. Außerdem gab es kaum Wasser.

Eros hatte es besonders schlimm erwischt. Micky suchte deshalb allein nach Mäusen. Er fing auch eine und wollte sie Eros bringen. Doch als er wiederkam, war dieser nicht mehr da.

Ihn hatten Tierschützer, die immer im Winter nach armen Katzen und Hunden suchten, mitgenommen. Micky verbrachte noch die Nacht in der Ruine und dann zog er weiter.

Micky bei Maria und Costa

Eines Morgens, Maria joggte immer um diese Zeit, sah sie den Kleinen und verliebte sich sofort in ihn. Sie nahm ihn auf den Arm und ging nach Hause. Ihr Mann Costa würde sicher nichts dagegen haben, wenn sie ab jetzt eine Katze hätten.

Micky gewöhnte sich sehr schnell bei Maria und Costa ein. Sie meinten es aber auch besonders gut mit ihm.

Maria arbeitete in einem Krankenhaus als Schwester und Costa, ihr Mann, hatte eine eigene Praxis in Korfu Stadt. Er war Arzt.

Abends, wenn sie nach Hause fuhren, wartete Micky schon sehnsüchtig auf die beiden. Er begrüßte sie immer mit einem besonders lauten Schnurren. Später, wenn er satt war, erzählte er ihnen, was er alles Aufregendes beobachtet hatte. Maria musste immer schmunzeln, Costa ging das manchmal auf die Nerven und er verkrümelte sich in sein Arbeitszimmer.

Doch wenn dann Micky an der Tür kratzte, ließ er in herein und schmuste mit ihm eine Runde. Der Kater legte sich immer auf Costas Bauch und ließ sich kraulen.

Nach ein paar Wochen durfte Micky hinaus. Er genoss den Garten und die Umgebung. Endlich war es für ihn nicht mehr so langweilig wie den ganzen Tag in der Wohnung zu verbringen. Seine Menschen ließen ihn immer, bevor sie zur Arbeit gingen, hinaus und abends, wenn sie wieder zurückkamen, wartete er schon auf sie.

Ein Unglück geschieht

An diesem verhängnisvollen Tag kam Micky nicht wie sonst nach Hause. Er hatte einen Hasen gejagt und sich verspätet. Er musste sich erst einmal orientieren, weil er doch etwas weiter von zu Hause weggelaufen war.

Maria kam nach Hause, Costa war noch in der Klinik. Sie rief Micky, doch er kam nicht. Sie bereitete das Abendessen vor und als Costa nach Hause kam, aßen beide.

Aber der Kater war gegen zwölf Uhr abends immer noch nicht zu Hause. Deshalb fuhr Maria ihn suchen. Weil sie sich aber nicht auf die Fahrt konzentrierte, übersah sie die Kreuzung und den Lkw, der Vorfahrt hatte. Es kam zu einem folgenschweren Unfall. Maria saß eingeklemmt in ihrem Wagen. Der Lkw-Fahrer hatte außer einem Schock keine Verletzungen davongetragen.

Ein dazukommendes Fahrzeug rief sofort die Ambulanz und die Gendarmerie. Als diese am Unfallort erschien, stellte man fest, dass Maria schwere Kopfverletzungen und ein gebrochenes Bein hatte. Sie wurde sofort ins Krankenhaus gebracht und operiert.

Costa

Währenddessen hatte Micky wieder nach Hause gefunden. Costa saß auf einem Sessel und las die Zeitung, als es an der Tür klingelte.

Er öffnete und davor standen zwei Gendarmen. Sie stellten sich vor und zeigten ihre Dienstausweise. Einer von ihnen sagte zu Costa: „Sind Sie Herr Aristoteles?" Costa bejahte das. Der Gendarm sprach weiter: „Wir müssen Ihnen leider eine traurige Mitteilung machen. Ihre Frau Maria hatte einen schweren Unfall und ist im Krankenhaus."

Costa wurde schwarz vor Augen. „Nein, das konnte nicht sein, nicht seine Frau. Es lag bestimmt eine Verwechslung vor", sprach er zu sich. Er hörte noch, wie der Gendarm sagte: „Sie liegt mit schweren Kopfverletzungen auf Station 10 im General-Krankenhaus. Das Beste ist, Sie fahren gleich mit uns." Costa nahm seine Schlüssel und eine Jacke, er tat alles wie in Trance. Dann ging er mit den Gendarmen mit und setzte sich ins Auto.

Als sie in der Klinik ankamen, lag Maria im Bett. Ihr Kopf war umwickelt. Er küsste sie auf die Stirn, ihm lief eine Träne die Wange hinab. Er merkte es gar nicht. Dann sagte er: „Ja, das ist meine Frau. Sie wollte doch nur unseren Kater suchen. Warum hat sie nicht gewartet, bis er von selbst zurückkehrte. Oh mein Gott, was soll ich jetzt machen?" Costa sprach mit dem behandelnden Arzt, dieser sagte zu ihm: „Wir haben Ihre Frau ins künstliche Koma gelegt. Es kann sein, dass ihr Gehirn in Mitleidenschaft gezogen wurde. Sie müssen jetzt stark sein und viel mit ihr reden. Vielleicht erholt sie sich wieder. Wir werden sehen."

Micky wird weggebracht

Ein paar Tage waren vergangen, Costa erledigte alles automatisch. Er funktionierte nur noch. Er hatte sich ein paar Wochen freigenommen.

Costa fuhr jeden Tag ins Krankenhaus, doch Marias Lage war immer noch kritisch.

Als er abends zu Hause in der leeren Wohnung saß und den Kater sah, hätte er ihn am liebsten erwürgt. Er hasste ihn. Durch seine Schuld war Maria dieser schwere Unfall passiert. Wenn er an dem Abend rechtzeitig nach Hause gekommen wäre, hätte Maria ihn nicht gesucht.

Deshalb wollte er Micky auch nicht mehr behalten.

Costa konnte ja nicht wissen, dass Maria später wieder völlig gesund werden würde.

Er hätte Micky einfach aussetzen können, doch Costa wollte seine Rache. Deshalb überlegte er sich, was er mit ihm tun könnte. Ihn in die Tötungsstation bringen, war ihm zu einfach. Dieser Tod ging seiner Meinung nach zu schnell. Es musste etwas sein, das schlimmer war.

Als er ein paar Tage später bei einem Restaurant vorbeilief, hörte er, wie ein Mann zu einem anderen sagte: „Angeblich soll es hier auf Bestellung Katzen- und Hundefleisch geben." Da kam Costa die Idee, seinen Kater hier abzugeben.

Micky hingegen vermisste Maria. Er konnte auch gar nicht verstehen, warum Costa so feindselig ihm gegenüber war. Er ging ihm lieber aus dem Weg. Raus durfte er auch kaum noch und zu essen bekam er nur sporadisch. Was war nur mit seinen Menschen los? Maria nicht mehr da und Costa nicht der Alte.

Costa hingegen ging nach Hause und holte den Katzenkorb. Er nahm Micky und setzte ihn hinein, dann holte er das Auto und fuhr mit dem Kater zu dem Restaurant. Nebenan war die Wohnung des Besitzers. Dort klingelte Costa an der Tür, stellte den Korb davor und verschwand.

Ming Li, die Haushälterin von Won Yang, öffnete und sah den Korb vor der Tür. Sie wunderte sich, doch dann nahm sie die Box mit dem Kater und brachte ihn ins Haus. In dem Moment kam Herr Yang und fragte: „Frau Li, was ist das, wer hat das gebracht?" Sie antwortete: „Das weiß ich leider nicht, der Korb mit der Katze stand einfach vor unserer Tür. Ich konnte nicht sehen, wer ihn gebracht hat." Herr Yang sagte listig: „Eine Katze, aha, na dann geben Sie mal her, ich werde sie wegbringen." Er nahm das Tier und brachte es zu seinem Restaurant in den Keller. Dort standen schon Boxen mit mehreren Tieren: zwei Hunde und drei Katzen. Er fütterte alle und ging nach oben in die Küche. Er flüsterte dem Koch zu: „Wir haben eine Katze geschenkt bekommen, sehr schönes festes Fleisch. Das Tier scheint noch sehr jung zu sein. Wenn morgen Abend die ausländischen Gäste kommen, können wir ihnen ein leckeres Essen anbieten. Dann haben sie das, was sie sich wünschen, und wir verdienen eine Stange Geld."

Micky wird befreit

Micky wusste gar nicht, was los war. Warum stand er hier in dem dunklen Raum? Er roch und hörte noch andere Tiere. Sie alle vergingen vor Angst. Was hatte man mit ihm vor? Es roch auch nach etwas anderem, nach Blut. Eine Tür stand offen, sie gehörte zu einem kleinen Raum, der gefliest war. Doch die weißen Kacheln waren über und über mit Blut bespritzt. Hier stimmte etwas nicht und das gefiel dem Kater gar nicht. Deshalb fing er an zu miauen. Die anderen Katzen taten es ihm nach und die Hunde winselten.

Das hörte Elena, eine Nachbarin. Sie war Anfang vierzig und frisch geschieden. Sie hatte schon seit einiger Zeit das Gefühl, dass in dem Keller des Restaurants etwas Furchtbares vorging. Sie hörte oft leises Winseln und ab und zu auch Schreie, als ob ein Baby weinte. Das waren die Hunde und Katzen, die der Koch für ausländische Touristen, die gern einmal etwas ganz „Besonderes" essen wollten, schlachtete.

Elena wollte endlich der Sache auf den Grund gehen, aber allein traute sie sich nicht. Deshalb rief sie ihre Freundin Alexandra an und fragte, ob sie ihr helfen würde. Alexandra war eine Draufgängerin und sagte sofort zu. Sie verabredeten sich für den Abend.

Als es dann so weit war und beide Frauen sich ein bisschen Mut angetrunken hatten, schlichen sie zum Keller des Restaurants. Sie hatten Glück und ein

Fenster war offen. Alexandra, die gelenkigere von beiden, stieg durch das Fenster in den Keller. Dort sah sie, nachdem sich ihre Augen an die Dunkelheit gewöhnt hatten, die Boxen mit den Tieren darin. Auch den Schlachtraum konnte sie sehen. Ihr wurde übel.

Sie erzählte alles im Flüsterton ihrer Freundin. Dann sagte sie: „Elena, ich öffne jetzt nacheinander die Körbe und reiche dir immer ein Tier zu, du lässt es frei und scheuchst es weg, damit es auch schnell von hier verschwindet."

„Ist gut", antwortete Elena. Gesagt getan.

Alexandra reichte Ellena jedes einzelne Tier und diese ließ jedes frei. Alle Tiere verschwanden sofort.

Auch Micky gab Fersengeld, er war froh, wieder frei zu sein.

Die junge Frau stieg aus dem Fenster und beide gingen nach Hause. Sie beratschlagten, was sie gegen Yang unternehmen könnten. Denn in Griechenland war es verboten, Haustiere als Essen zu servieren.

Alexandra hatte einen Freund im Ministerium und wollte ihn fragen, deshalb rief sie ihn an. Apostolos, so hieß er, nahm auch gleich das Telefon ab. Sie erzählte ihm alles und er versprach ihr, etwas zu unternehmen.

Ein paar Tage später wurde das Restaurant durchsucht und man fand wieder zwei Hunde und eine Katze im Keller. Deshalb musste Yang sein Restaurant schließen.

Micky schlägt sich durch

Aber zurück zu unserem roten Kater. Er lief eine Weile und kam an einen Olivenhain. Dort ruhte er erst einmal aus. Micky musste aufpassen, dass er nicht von den vielen Straßenhunden angefallen wurde. Es gab sehr viele auf der schönen Insel Korfu.

Er kam an einem Baum vorbei, dort hing ein Hund, man hatte ihn einfach aufgehängt. Kein Einzelschicksal. Es gab Griechen, die hatten kein Herz: Wenn der Hund für die Jagd nicht mehr zu gebrauchen war, wurde er einfach an einen Baum geknüpft. Allerdings so, dass die Hinterfüße gerade noch den Boden berührten, denn die Männer wollten ja nicht dabei sein, wenn sich der Hund strangulierte!

Für diesen Hund kam jede Hilfe zu spät, doch auch wenn er noch am Leben gewesen wäre, hätte der Kater ihm nicht helfen können. Er verspürte eine entsetzliche Angst. Deshalb rannte Micky schnell weiter.

Auf einer Wiese, wo kaum noch Gras wuchs, stand eine ausgemergelte Eselin. Menschen hatten sie hier ausgesetzt. Sie war alt und konnte die schweren Lasten des Olivenbauers nicht mehr tragen. Für ihn war sie nutzlos geworden. Viele Bauern setzten ihre alten Esel aus oder veräußerten sie an Tierhändler. Diese wiederum verkauften die Esel nach Italien, wo Salami aus ihnen gemacht wurde.

Micky, der kleine Kater, konnte der Eselin nicht helfen und ging weiter. Er kam an eine Futterstelle, dort sah er viele Katzen. Es waren ein paar Leute dort, die gerade alle Näpfe reinigten und Futter und Wasser einfüllten. Die Menschen waren Tierschützer und kümmerten sich um die armen, verlassenen Tiere.

Es gab Streuner, die schon seit ein paar Generationen nicht mehr von Menschen abhängig waren. Die kamen auch sehr gut allein zurecht. Jedoch die meisten waren ausgesetzte Tiere. Sie mussten sich erst daran gewöhnen, allein für sich zu sorgen.

Micky war sehr hungrig, er hatte schon seit zwei Tagen nichts mehr zu essen bekommen. Deshalb näherte er sich einem vollgefüllten Napf.

Das sah Helena, sie stieß ihre deutsche Freundin Ute an und sagte: „Schau mal, da ist ein neuer Kater, der sieht sehr schön aus. Er lebt wahrscheinlich noch nicht lange auf der Straße."

Dann ging sie zu Micky und sprach sanft auf ihn ein. Dieser ließ sich streicheln und stieß sein Köpfchen an ihre Hand. Er fing an zu schnurren, doch dann futterte er weiter.

Tiere in Griechenland

Helena und die anderen Tierschützer versuchten immer, ein paar von den Katzen zu vermitteln, was in Griechenland aber ziemlich schwierig war. Höchstens in den größeren Städten konnten sie ein paar von ihnen in gute Hände geben.

Meistens waren es diejenigen Katzen, die noch nicht so lange alleine lebten. Ab und zu wurden auch ein paar Katzen nach Deutschland ausgeflogen. Doch eigentlich waren sie der Auffassung, dass es keine nachhaltige Lösung sei, Tiere vornehmlich nach Deutschland zu vermitteln. Vielmehr konzentrierte sich das Projekt darauf, dauerhafte Tierschutzarbeit vor Ort zu leisten, indem die Lebensbedingungen der Katzen durch Kastration, medizinische Betreuung und das Einrichten von Futterplätzen langfristig verbessert werden sollten. Voraussetzung für die Durchführbarkeit war die aktive Einbindung zahlreicher Helfer aus der Bevölkerung, der Verantwortlichen vor Ort (wie dem Bürgermeister) sowie der lokalen Tierärzte. Doch das war nicht immer einfach. In den Köpfen der Griechen war ein Tier nur etwas wert, wenn es auch dafür arbeitete. Wurden sie alt oder krank, dann entsorgte man sie einfach. Entweder sie wurden ausgesetzt oder, was noch schlimmer war, sie mussten qualvoll sterben.

Morena

Micky wurde in die Gemeinschaft der Katzen sehr gut aufgenommen. Er hatte auch gleich eine Freundin gefunden. Ihr Name war Morena, sie kam aus einem italienischen Haushalt. Morena war aus Versehen in Italien auf ein Schiff geklettert, das anschließend auf die Insel Korfu fuhr. Als der Kapitän merkte, dass eine Katze an Bord war, ließ er sie versorgen. Doch er wies seinen Matrosen an, der die Katze gefunden hatte, sie gleich von Bord zu schmeißen, sobald sie in Korfu ankämen. Das tat dieser dann auch.

Die Katze fand sich am Anfang gar nicht zurecht. Sie hatte in Italien bei einer sehr katzenliebenden Familie gelebt und war dementsprechend auch gut versorgt worden. Hier auf Korfu war alles ganz anders, keiner kümmerte sich um die freilebenden Katzen. Wenn es die Tierschützer nicht gegeben hätte, wäre die Kleine wahrscheinlich bald eingegangen. Doch so fand auch sie ihren Platz in der Katzenkolonie.

In einer Katzenkolonie kümmern sich die Katzen umeinander, es entstehen Freundschaften. Neuesten Erkenntnissen zufolge wird sogar behauptet, dass Katzen keine Einzelgänger seien. Sie würden nur vom Menschen zu Einzelgängern gemacht.

Die Tierschützer ließen auch ab und zu ein paar Katzen kastrieren – je nachdem wie viel Geld sie zur Verfügung hatten. Sie lebten von Spenden und bekamen vom Staat keinen Cent.

Ute und Helena kamen fast jeden Tag und fütterten die Katzen.

Micky und Morena waren nicht immer da, sie genossen ihr Leben in Freiheit und fingen sich oft eine Maus, einen Vogel und manchmal ein kleines Kaninchen.

Micky lernt Margarita kennen

Micky und Morena streiften wieder einmal durch einen lichten Wald. Dort saß eine wunderschöne dreifarbige Katzendame. Sie duftete hervorragend. Micky ließ Morena stehen und ging zu der Bunten hin. Sie war rollig und Micky nicht kastriert, so kam es, dass die beiden sich ineinander verliebten. Morena konnte so etwas nicht verstehen, sie war noch vor ihrer ersten Rolligkeit kastriert worden. Deshalb lief sie zurück zu den anderen und ließ die beiden allein. Margarita, so hieß die Katzendame, verführte unseren roten Kater nach Katzenart.

Sie spielten miteinander und sie liebten sich. Das ging ein paar Tage so, bis die Bunte das Interesse an Micky verlor und sich einem anderen Kater zuwandte. Nach ein paar Wochen gebar sie fünf Junge, darunter waren auch zwei Kater, die Micky aufs Haar glichen.

Micky kommt zu Penelope

Eines Morgens kamen Ute und Helena und fingen Micky, Morena und noch zwei weitere Katzen ein. Sie hatten sie vermitteln können. Micky wurde vorher noch kastriert, gechippt und geimpft. Dann kam er zu Penelope, einer Mittdreißigerin. Sie war eine nicht ganz so hübsche, aber herzensgute Frau. Morena wurde von einer deutschen Familie genommen. Dort hatte sie es ihr Leben lang gut.

Penelope arbeitete in einem kleinen Reisebüro. Sie hatte schon immer eine Katze gewollt. Doch bis vor Kurzem hatte sie ihren kranken Vater gepflegt. Er starb vor ein paar Wochen.

Nun war Penelope allein und weil sie nicht einsam sein wollte, adoptierte sie Micky. Durch die aufopferungsvolle Arbeit hatte sie nie die Gelegenheit gehabt, einen Mann kennenzulernen. Sie war schon als junges Mädchen nicht besonders hübsch gewesen und jetzt, wo sie auf die 40 zuging, erst recht nicht. Dabei hätte sich jeder Mann glücklich schätzen können, so eine liebe und warmherzige Frau zu bekommen.

Micky hatte es gut bei Penelope, sie liebte ihn abgöttisch. Er durfte sogar mit im Bett schlafen. Morgens ging sie zur Arbeit. Abends, wenn sie nach Hause kam, brachte sie ihm immer eine kleine Leckerei mit. Micky merkte genau, dass sein neues Frauchen ihn liebte, auch er war glücklich bei ihr.

Penelope lernt einen Mann kennen

Micky lebte nun seit drei Monaten hier und fühlte sich wohl. Er hatte Penelope im Griff, sie las ihm jeden Wunsch von den Augen ab. Er bekam freitags frischen Lachs und mittwochs Sardinen.

Penelope wohnte in einem dreistöckigen Haus am Rande von Korfu-Stadt, deshalb durfte er auch nicht hinaus. Das war das einzige Manko, denn Micky liebte es, draußen zu sein.

Doch seit ein paar Tagen kam immer ein Mann zu ihr. Sie nannte ihn Stephanos-Liebling. Micky mochte ihn nicht. Er schmiss ihn immer vom Sessel, wenn er gerade eingeschlafen war. Außerdem kümmerte Stephanos sich überhaupt nicht um ihn.

Auch verhielt sich Penelope, immer wenn ihr Freund bei ihr war, total anders.

Auf einmal war Stephanos jeden Tag da und Micky merkte, wie dieser ihn beobachtete. Penelope kümmerte sich nur noch um ihren Freund.

Sie beachtete den Kater kaum. Selbst wenn er wieder gegangen war, hatte sie total verklärte Augen und streichelte Micky nur flüchtig. Stephanos störte der Kater und später hörte Micky, wie er zu Penelope sprach: „Der Kater muss weg, überall diese verdammten Katzenhaare. Ein Kater gehört nicht in die

Wohnung. Das Beste ist, du bringst ihn in den Wald." Penelope antwortete weinerlich: „Aber er ist es nicht gewohnt, draußen allein zu leben. Er wird eingehen, so ohne Futter und Zuwendung." – „Ist mir egal, ich will diesen Kater nicht mit dir teilen. Ich liebe dich und will dich heiraten. Aber nicht mit deiner Katze", sprach Stephanos. Penelope war glücklich und traurig zugleich. Sie hatte sich immer gewünscht, irgendwann einmal zu heiraten, aber sie liebte auch ihren Kater. Deshalb fing sie an zu weinen, und weil Micky ganz in ihrer Nähe war, schnappte sie sich ihn und drückte ihn ganz fest an sich. Sie tat ihm weh, außerdem tropften dicke Tränen in sein Fell. Er wollte sich befreien und strampelte, dabei kratzte er sie, sodass ihr Blut floss. Sie schubste ihn von ihrem Schoß und in dem Moment merkte Micky, dass er einen schlimmen Fehler begangen hatte. Jetzt brauchte Penelope kein schlechtes Gewissen ihm gegenüber mehr zu haben. Nun konnte sie ihn wegbringen.

Sie würde in ihrem Alter und mit ihrem Aussehen sowieso nie mehr einen Mann bekommen, deshalb stand in diesem Moment für sie fest: „Der Kater muss gehen!" Sie sprach zu Stephanos: „Gut, morgen früh bringe ich ihn weg. Er hat es nicht anders gewollt. Verletzen lassen muss ich mich nicht von ihm, nach allem, was ich für ihn getan habe." Stephanos war zufrieden. Sie sollte ruhig merken, wer der Herr im Hause war.

Micky wieder allein

Am anderen Morgen holte Penelope den Katzenkorb und setzte Micky hinein. Sie war wie eine Fremde zu ihm, kein Streicheln und Gutzureden. Micky hatte Angst, er ahnte, dass etwas Schlimmes passieren würde.

Penelope stellte den Korb in ihr Auto und fuhr etwa 30 Kilometer, dann hielt sie an, öffnete den Korb und schüttelte Micky regelrecht heraus. Ohne sich umzudrehen, setzte sie sich in ihr Auto und fuhr davon.

Micky war sehr traurig und hatte schreckliche Angst. Es war nicht sein Revier und er wusste nicht, was ihn hier erwarten würde.

Plötzlich stand ein großer schwarzer Kater vor ihm. Mindestens zweimal so groß wie Micky, ihm sträubten sich alle Haare. Doch er hätte keine Angst haben müssen.

Tarabas

Tarabas, so hieß der Kater, war zwar groß und stark, aber er war ein gutmütiger und sozialer Kater.

Früher hatte er einmal Athina, einem kleinen Mädchen, gehört. Doch als sich ihre Eltern getrennt hatten und sie einen Stiefvater bekam, brachte dieser den Kater in den Wald. Erst wollte er ihn töten, doch dann wurde er von Touristen gestört und ließ Tarabas laufen. Der Kater kam sehr schnell allein zurecht. Er war schon bei dem kleinen Mädchen ein guter Jäger gewesen.

Athina vermisste ihren Kater sehr, aber sie wusste, eines Tages, wenn sie groß genug wäre, würde sie ihn wiederfinden.

Aber zurück zu den beiden Katzen. Tarabas ging zu Micky und gab ihm einen Nasenstüber. Micky wollte fauchen, doch dann erwiderte er die Berührung und leckte Tarabas übers Fell, nun war das Eis gebrochen und sie wurden Freunde.

Tarabas und Micky

Der schwarze Kater zeigte Micky, wie man in der „Wildnis" überlebte. Sie jagten zusammen, spielten und tobten. Micky fühlte sich wohl. Am Tag suchten sie sich oft ein schattiges Plätzchen und dösten. Doch nachts war nichts vor ihnen sicher. Das Einzige, was sie sehr selten fanden, war Wasser.

Deshalb liefen sie manchmal zu den Futterstellen, denn dort standen immer ein paar Schüsseln mit Wasser. Das Futter aber ließen sie stehen. Tarabas hatte nur deshalb so lange überlebt, weil er nichts nahm, was die Menschen ihm hinstellten. Denn im Herbst, immer wenn die Touristen weg waren, kamen Menschen und legten Köder mit Gift aus. Viele Katzen und Hunde fraßen das vergiftete Fleisch und verendeten qualvoll. Tarabas hatte das einmal mit angesehen, seitdem verschmähte er alles, was er nicht selbst gefangen hatte.

Die beiden Kater waren ein drolliges Paar. Micky klein und zierlich, und Tarabas groß und kräftig. Auch die Farben passten hervorragend zusammen: Rot und Schwarz. Sie waren schon in aller Munde. Die Inselbewohner sahen oft zwei Schatten in der Nacht. Bald gab es die Legende von zwei Wesen, die nachts ihr Unwesen trieben.

Petros

Petros, der alte Fischer, hatte beide Kater auch schon bei Nacht gesehen. Er stellte ihnen Futter und Wasser hin, doch das Futter wurde nie angerührt. Aber das frische Nass nahmen sie sehr gerne an.

Petros lebte seit dem Tod seiner Frau allein. Er hatte sie sehr geliebt, deshalb wollte er auch keine andere mehr haben. Er fuhr jeden Morgen aufs Meer, um zu fischen. Es gab zwar nicht mehr sehr viele Fische, doch für ihn reichte es. Er brauchte nicht viel zum Leben. Petros gehörte auch zu den Griechen, die andere Lebewesen mit Respekt behandelten. Er tat keiner Fliege etwas zuleide. Selbst die Spinnen trug er aus seinem Haus und setzte sie ins Gras.

Er fütterte ganz in der Nähe ein Rudel von ausgesetzten Hunden. Doch seine besondere Liebe galt den Katzen. Denn er liebte ihre ungezwungene Art. Sie ließen sich von niemandem dressieren und taten immer, was sie wollten. Katzen lebten ein ungebundenes Leben, auch wenn sie die Nähe der Menschen suchten. Er war ihnen sehr ähnlich.

Petros und die beiden Kater

Ab und zu schliefen die beiden Kater in der Nähe von Petros' Haus.

Eines Morgens, Petros wollte gerade frühstücken, sah er Micky. Der Rote fühlte sich stark zu Petros hingezogen. Bei all seiner Freiheitsliebe vermisste er doch die Zuwendung eines Menschen.

Petros sprach beruhigend auf ihn ein und Micky kam immer näher. So nahe, dass Petros ihn streicheln konnte. Der alte Mann hielt Micky ein Stück Schinken hin und Micky überwand seine Scheu und futterte es auf. Tarabas war ganz in der Nähe und beobachtete die Szene. Auch er kam näher und bekam ein Stück Schinken – und weil er Vertrauen zu Petros gefasst hatte, aß auch er es auf. So begann eine wunderbare Freundschaft. Die beiden Katzen kamen jetzt jeden Tag zu dem alten Mann. Sie ließen sich streicheln und bekamen ihre tägliche Portion Schinken. Anschließend fuhr Petros aufs Meer hinaus, um zu fischen, gegen Abend, als er zurückkam, gab er den Katzen noch eine Portion frischen Fisch. Nach dem Abendessen setzte Petros sich auf seine Bank, die vor seinem Haus stand, und die Kater lagen abwechselnd auf seinem Schoß. Den dreien ging es gut. Durch die gute Pflege von Petros sahen die Kater wunderschön aus. Ihr Fell glänzte in der Sonne, sie hatten einen schlanken und geschmeidigen Körper, ihre Muskeln waren kräftig. Mit ihnen konnte es kein anderer Kater auf der Insel aufnehmen. Es war eine Freude, sie anzusehen.

Auf dem Boot

Eines Tages lief Micky mit Petros zum Boot. Er sprang hinein und machte es sich bequem. Petros sprach zu ihm: „Na, mein Kleiner, willst du mit aufs Meer fahren? Es wird aber bestimmt ein bisschen schaukeln. Ich hoffe, es macht dir nichts aus."

Sie legten ab und fuhren aufs Meer. Petros warf den Anker aus und ließ sein Netz ins Wasser. Es dauerte auch nicht lange, da hatte er eine Menge Fische gefangen, so viele waren es noch nie gewesen.

Er freute sich und sprach zu Micky: „Kleiner, du hast mir Glück gebracht. Von dem Erlös der Fische kann ich endlich das Dach meines Hauses reparieren."

Sie fuhren zurück in den Hafen und Petros verkaufte alle Fische. Dann ging er noch ein paar leckere Sachen einkaufen. Zu Hause angekommen, wurden sie von Tarabas begrüßt. Der große Kater hatte schon sehnsüchtig auf beide gewartet.

Petros legte die eingekauften Köstlichkeiten auf einen Teller und stellte alles auf einen Tisch. Die beiden Kater bekamen auch ihren Teil ab. Es war ein kleines Festessen.

Micky fuhr aber nie wieder mit dem Boot mit, es war wohl doch zu schaukelig für ihn gewesen.

Feuer

Doch wie es so oft im Leben ist, das Glück währt nie lange. Petros' Haus stand nicht weit weg vom Meer. Das Panorama war wunderbar. Deshalb wollte Nikos, ein Immobilienhai, sein Grundstück kaufen und darauf ein großes, vierstöckiges Hotel bauen. Er bot Petros eine Menge Geld an, doch dieser mochte nicht verkaufen. Dieses Haus hatte er mit seinen eigenen Händen aufgebaut. Hier hatte er seine Frau über die Schwelle getragen und hier war sie gestorben.

Viele Erinnerungen barg das Haus. Wie sollte er es jemals verlassen? Als Petros nicht auf das Angebot von Nikos einging, fing dieser an, ihn zu terrorisieren. Doch einem alten Fischer, der Sturm und Regen ausgehalten hatte, konnte man nicht drohen.

Deshalb kaufte Nikos sich ein paar Handlanger, die das Haus von Petros anzünden sollten.

Eines Nachts, die Katzen waren unterwegs, kamen die Handlanger und zündeten das Gebäude an. Alles fing sofort Feuer. Petros schlief und merkte gar nichts davon. Ein Glück, dass die beiden Katzen ganz in der Nähe waren. Micky sprang durch das Fenster ins Schlafzimmer und miaute ganz laut. Dadurch erwachte Petros und nahm den Rauch war. Er wollte zur Tür, doch dort stand schon alles in Flammen. Er ging zum Fenster und, weil es nicht sehr hoch war, sprang er hinaus. So hatte Micky ihm das Leben gerettet.

Das ganze Haus brannte bis auf die Grundmauern herunter. Als die Feuerwehr kam, war schon alles zu spät. Die Polizei stellte später fest, dass es Brandstiftung gewesen war. Sie stellten Ermittlungen an und konnten die beiden Handlanger von Nikos erwischen. Diese erzählten auch gleich, wer ihnen den Auftrag erteilt hatte, und Nikos wurde verhaftet. Doch er hatte mächtige Freunde, die ihn wieder aus dem Gefängnis herausholten. Er tauchte erst einmal unter, bis Gras über die Sache gewachsen wäre.

Petros und seine Nachbarn bauten das Haus wieder auf. Doch er war ein alter Mann und eines Nachts schlief er friedlich ein. Micky und Tarabas saßen bei ihm. Sie merkten, dass ihr Freund für immer von ihnen gegangen war, deshalb verließen sie das Haus und verschwanden wieder im Wald.

Tarabas findet sein Frauchen

Ein paar Jahre waren inzwischen vergangen. Athina hatte das Erwachsenenalter erreicht. Sie war schon vor längerer Zeit zu Hause ausgezogen. Sie musste immer noch sehr oft an ihren Kater denken. Ihr Stiefvater erzählte ihr, weil sie immer wieder nachfragte, wo er den Kater ausgesetzt hatte. Deshalb wollte sie dort hinfahren und schauen, ob sie ihn finden würde. Doch das war gar nicht so einfach, denn Tarabas lebte ein paar Kilometer weit entfernt. Aber wie so oft im Leben kam der Zufall zu Hilfe.

Athina war jetzt schon zum dritten Mal an der genannten Stelle, doch gefunden hatte sie ihren „Schwarzen" nicht. Nun wollte sie wieder nach Hause fahren, heute war es nicht so warm wie sonst und sie hatte sich ein paar leckere Speisen eingepackt. Sie wollte vorher auf einem Plateau ein Picknick halten. Deshalb fuhr sie los. Als sie dort ankam, konnte sie über die ganze Insel schauen. Sie breitete eine Decke aus und nahm das Essen aus der Kühlbox. Sie sprach mit sich selbst.

Tarabas war in der Nähe und irgendwie fühlte er sich zu der jungen Frau hingezogen. Es erschien ein Bild in seinem Kopf, das er längst vergessen glaubte: ein kleines zwölfjähriges Mädchen, das ihn immer wieder streichelte. Deshalb ging er ganz langsam auf Athina zu. Diese sah ihn und erkannte ihn sofort. Er war zwar größer und kräftiger, als sie ihn in Erinnerung hatte, doch sein Gesicht hätte Athina unter Tausenden herausgefunden. Sie rief leise seinen Namen. Er erkannte sie auch und lief zu ihr hin. Sie nahm ihren geliebten Kater in den Arm und sagte: „Wir beide werden uns nie wieder trennen. Oh, Tarabas, ich habe dich so sehr vermisst." Dann küsste sie seine Nase und gab ihm ein besonders großes Stück Lachs. Er nahm es ins Mäulchen, schaute ihr kurz in die Augen und verschwand.

Sie dachte schon, sie würde ihn nie wiedersehen, doch nach ein paar Minuten kam er zurück. Tarabas hatte den Fisch zu Micky gebracht und sich so von ihm verabschiedet. Wenn Athina den Roten gesehen hätte, dann wäre sie nicht ohne ihn zurück nach Hause gefahren. Doch er hatte sich versteckt. Die junge Frau packte alles ins Auto, Tarabas sprang hinterher und so fuhren sie los und ließen Micky zurück.

Micky ist wieder allein

Micky war sehr traurig, denn er wusste, dass er seinen großen Freund nie wiedersehen würde.
Doch wie heißt es so schön: „Das Leben geht weiter."

Der kleine Rote suchte jetzt wieder die Nähe der Menschen. Er ging an die verschiedenen Futterplätze und ließ sich streicheln. Micky sah immer noch sehr gepflegt aus, sodass die Tierschützer dachten, man hätte ihn gerade eben erst ausgesetzt. Sie wollten ihn einfangen und vermitteln. Er war ein sehr schönes Tier. An seinem Körper war kein Gramm Fett, alles Muskeln und Sehnen.

Micky ließ sich leicht fangen. Er hatte noch nie Angst vor Menschen gehabt. Vaia, eine nette ältere Frau, nahm ihn erst einmal mit zu sich.

Sie wollte ihn an liebe Menschen weitergeben. Doch als sie ihn nach sechs Wochen in den Garten ließ, war er sehr neugierig und ging auf die Straße. So kam er wieder zum Hafen von Korfu. Hier roch es so appetitlich nach frischem Fisch. Micky setzte sich an den Kai und beobachtete die Schiffe. Ein gutmütiger Matrose warf ihm einen Hering zu. Diesen verspeiste der Kater genüsslich. Dann legte er sich auf einen Stein in die Sonne, um Fiesta zu halten. Er blieb ein paar Tage im Hafen. Der Matrose, sein Name war Janis, fütterte Micky immer. Doch dann war es Zeit, dass das Schiff wieder auslief. Janis lockte den Kater und so kam es, dass Micky mit auf große Fahrt ging.

Micky auf einem Schiff

Janis hatte es sich nicht überlegt, als er Micky aufs Schiff lockte. Wahrscheinlich würde er Ärger mit dem Kapitän bekommen, wenn dieser den Kater entdeckte. Doch jetzt war der Kater erst einmal in seiner Kabine, die er mit Rafael teilte. Rafael war ein gutmütiger Brummbär. Er maß 1,98 Meter und wog 150 Kilo. Viele hatten Respekt vor ihm, doch er konnte keiner Fliege etwas zuleide tun.
Er verliebte sich gleich in den Kater. Micky mochte den gutmütigen Mann auch sehr gerne. Er schlief immer in Rafaels Koje. Nach ein paar Tagen durfte Micky hinaus aufs Schiff. Rafael sprach mit dem Kapitän und dieser mochte Katzen. Micky hatte also rundherum Glück.

Die Fahrt ging nach Italien. Dort sollte das Schiff generalüberholt werden. Rafael wollte von Italien nach Deutschland und seine Familie besuchen. Er hatte sie schon lange nicht mehr gesehen. Anschließend würde er auf einem portugiesischen Schiff anheuern, aber erst einmal mussten sie Italien erreichen.

Die Überfahrt war ruhig, die Sonne brannte am Sommerhimmel und die Matrosen hatten viel zu tun. Deshalb durfte Micky beim Kapitän auf der Brücke sitzen. Meistens lag er vorn am großen Panoramafenster auf einem Kissen, das sie extra für ihn hingelegt hatten. Er beobachtete von hier oben das weite Meer. Ab und zu schwamm eine Gruppe Delfine neben dem Schiff. Doch die interessierten

Micky wenig. Er schaute lieber auf das Radar, dort bewegten sich immer so kleine Punkte, da konnte man so schön danach tatzen. Er wurde in kürzester Zeit der Liebling der ganzen Mannschaft. Er bekam von fast allen seine Streicheleinheiten.

Micky verteilte seine Liebe an jeden gleich. Keiner brauchte auf den anderen eifersüchtig sein. Die

Mannschaft bestand aus zwölf Mann, einschließlich Kapitän. Der Smutje gab dem Kater oft besondere Leckereien. Micky brauchte nur vor der Kombüse zu miauen und schon bekam er etwas Gutes. Der Kater wurde von allen verwöhnt und er dankte es ihnen mit seiner ganzen Liebe.

Jamar und Micky

Nur vor einem musste sich Micky in Acht nehmen. Jamar, ein Mongole, hasste Tiere, vor allem Katzen. Wenn er Micky traf und kein anderer in der Nähe war, scheuchte er ihn immer und sprach: „Pass bloß auf, dass du nicht in der Suppe landest, du dummes Katzenvieh!"

An einem Sonntagmorgen traf er Micky wieder. Er schaute sich um und weil keiner in der Nähe war, lockte er den Kater in seine Kabine. Dort fing er ihn und steckte Micky in einen Sack. Er sprach: „So, du Mistvieh, jetzt gehst du über Bord. Dann kehrt wohl bald wieder Ruhe ein. Die Idioten sollen sich etwas anders suchen, das sie verwöhnen können. Dich wird jedenfalls keiner mehr finden. Er ging aus seiner Kabine und an Deck. Er wollte gerade den Sack ins Meer werfen, als der Smutje aus seiner Kajüte kam. Er sah Jamar mit dem Beutel und weil sich Micky darin bewegte, zählte er eins und eins zusammen und nahm kurzerhand dem Matrosen den Sack ab. Er sprach: „Jamar, was hast du in dem Beutel?" Er schaute nach und sah den armen Kater.

Der Smutje befreite Micky und haute Jamar eine auf die Nase. Dann packte er ihn am Kragen und brachte Jamar zum Kapitän. Dieser war sehr wütend, als der Smutje die ganze Geschichte erzählte. Er ließ den Mongolen bis zum Ende der Reise einsperren.

Micky hingegen erholte sich schnell wieder von dem Schrecken, die Mannschaft verwöhnte ihn aber auch noch mehr als vorher.

Dann liefen sie in den Hafen von Ancona ein, der Moment des Abschieds war gekommen. So würde die Mannschaft sicher nicht mehr zusammen fahren. Jeder hatte auf einem anderen Schiff angeheuert. Rafael wollte Micky mit zu seiner Familie nehmen. Er besorgte sich schnell einen Katzenkorb und Futter. Doch als er ihn gerade in den Korb setzen wollte, fiel nebenan ein Container herunter. Es war so laut, dass Micky erschrak, sich aus den Händen von Rafael befreite und davonlief.

Rafael sucht Micky überall

Rafael war auch erschrocken, doch mehr weil Micky davongelaufen war. Er machte sich Sorgen um den Kater. Der kannte sich doch hier gar nicht aus.

Deshalb suchte er ihn überall, doch von dem Kater gab es keine Spur. Niemand hatte ihn gesehen. Rafael suchte sich eine billige Übernachtungsmöglichkeit und wollte früh noch einmal los. Vor lauter Kummer ging er in eine Bodega und trank sich einen an. Er erzählte seinem Nachbarn, Giovanni, dass er seinen roten Kater suche. Doch der Nachbar verstand, dass Rafael einen Kater *haben* wolle.

Sei es, weil Rafael nicht mehr ganz deutlich sprechen konnte oder weil er schlecht Italienisch sprach. Jedenfalls sagte Giovanni zu ihm: „Warte, ich bin gleich wieder da." Nach einer Stunde kam er zurück mit einer Kiste; in der Kiste saß ein kleiner roter Kater, er war höchstens fünf Wochen alt. Giovanni gab ihn Rafael und verschwand. Der Brummbär war schlagartig nüchtern.

Er ging mit dem kleinen Kerlchen in sein Hotel und holte ihn aus dem Karton. Es war ein niedliches kleines Katerkind. Rafael beschloss, den Kleinen Otti zu nennen. Er gab ihm etwas zu futtern und sagte zu ihm: „Otti, ich muss jetzt noch einmal weg, um zu schauen, ob ich Micky doch noch wiederfinden kann. Ich bleib nicht lange weg. Wenn ich ihn heute nicht sehe, dann fahren wir morgen weiter. Es tut mir zwar leid um den Kater, aber in Griechenland hat er auch auf der Straße gelebt. Er wird sich sicher zu helfen wissen." Dann ging er in die Nacht hinaus. Doch Micky war längst an einem anderen Platz und Rafael fuhr am nächsten Tag, mit seinem neuen Freund Otti nach Hause zu seiner Familie.

Micky lernt Alberto kennen

Micky war in der Zwischenzeit in einem kleinen Park. In der Stadt hatte er Angst, sie war so ganz anders als in seiner Heimat: laut und so viele Leute.

Deshalb rannte er sehr schnell, bis er das erste Grün sah. Hier im Park ging es ruhiger zu. Außer einem Liebespaar, das auf einer Bank saß, war niemand zu sehen. Doch er täuschte sich. Micky wurde schon lange beobachtet. Alberto, ein Obdachloser, hatte sein Nachtlager unter einem Baum aufgeschlagen und saß dort mit einer billigen Flasche Rotwein, die er genüsslich trank.

Der Alkohol war schuld, dass er auf der Straße saß. Er hatte damals seinen Job verloren und angefangen zu trinken, dann war ihm seine Frau davongerannt. Schließlich konnte er die Miete nicht mehr bezahlen und flog deshalb aus der Wohnung. Doch das war schon lange her. Er lebte schon mindestens zehn Jahre auf der Straße. Er hätte sich auch nichts anderes mehr vorstellen können.

Er hatte sein Auskommen. Am Tag ging er betteln und in der Nacht vertrank er das Geld, das ihm mitleidige Passanten gegeben hatten.

Alberto sah, wie Micky angerannt kam, um sich zu verstecken. Der Kleine tat ihm leid. Wahrscheinlich hatte ihn ein herzloser Mensch einfach ausgesetzt. Er rief ihn: „Miez, Miez, komm, ich hab was Feines für dich." Micky kam näher, er hatte schon seit gestern nichts mehr gefuttert. Alberto legte ihm ein Stück Schinken hin und Micky verschlang es in Windeseile. Dann ging er zu Alberto und dieser streichelte ihn.

Micky leckte ihm die Finger ab. Dann setzte er sich auf die Decke und schlummerte ein. Er fühlte sich bei Alberto geborgen. Dieser legte sich zu dem Kater und war auch bald eingeschlafen.

Ein Fiasko

Am anderen Morgen gab Alberto Micky wieder et-was von seinem Frühstück ab und setze den Kater anschließend in eine Tasche. Er wollte ihn mit zum Betteln nehmen. Er malte sich aus, dass die Leute ihm sicher mehr in seine Schale werfen würden, wenn sie den süßen Kater sahen. Doch er hatte nicht mit Micky gerechnet.

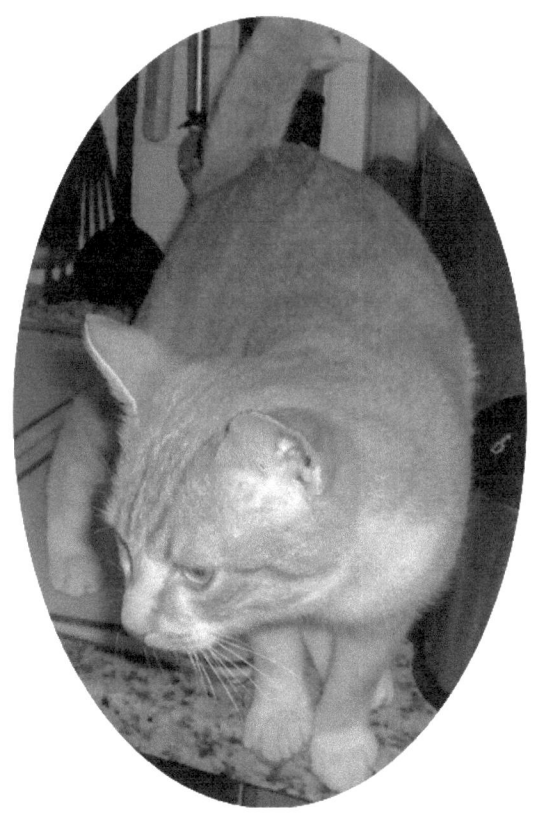

Der Kater hatte Angst vor dem lauten Verkehr und den vielen Leuten, welche die Straßen bevölkerten. Deshalb rannte er los und wäre beinahe unter einem Auto gelandet. Alberto konnte ihn gerade noch hochnehmen. „So geht das nicht", sagte Alberto. „Ich muss mir etwas anderes einfallen lassen. Das Beste ist, ich kauf dir ein Geschirr und nehme dich an die Leine. Doch zuerst einmal müssen wir ohne Zwischenfälle wieder in den Park kommen." Das ging ganz gut, der Kater kuschelte sich in die Jacke von Alberto und fühlte sich sicher.

Micky läuft weg

Alberto hatte ein Geschirr mit Leine gekauft und wollte dieses Micky überstülpen. Doch der freiheitsliebende Kater sträubte sich mit allem, was er hatte.

Hinterher sah Alberto ziemlich zerkratzt aus. Aber er wollte noch nicht so schnell aufgeben. Deshalb wickelte er den Kater in ein Handtuch und versuchte es noch einmal. Micky fühlte sich nicht wohl. Er bekam Angst vor Alberto und wollte fliehen. Doch dieser drückte ihn auf den Boden und bekam das Vorderbein in das Geschirr. In diesem Moment kam eine ältere Dame und sah nur, dass dieser „Penner" eine arme Katze quälte.

Sie fing an zu schimpfen und rief immer nach der Polizei. Das war zu viel für Micky, er nahm all seine Kraft zusammen und biss Alberto so sehr in die Hand, dass der ihn losließ. Genau in dem Moment floh Micky. Er lief so lange, bis er nicht mehr konnte. Er war auf einem Rastplatz gelandet. Dort versteckte er sich in einem Gebüsch und leckte erst einmal sein Fell sauber. Er wollte den Geruch von Alberto loswerden.

Frank nimmt Micky mit nach Deutschland

Micky blieb ein paar Tage auf dem Rastplatz. Er ernährte sich von den Abfällen, die dort reichlich herumlagen.

Frank, ein Lkw-Fahrer, war auf Zwischenstation in Ancona und wollte nun zurück nach Hamburg fahren. Er hielt nur kurz auf dem Rastplatz, um sich etwas zu trinken zu holen. Als er zurückkam, sah er etwas Rotes im Gebüsch hocken. Frank war sehr tierlieb und wollte schauen, was das war. Er bückte sich und dann sah er Micky. Er sagte zu ihm: „Du bist aber ein hübsches Kätzchen. Was machst du denn so mutterseelenalleine hier?

Wahrscheinlich hat dich jemand ausgesetzt. Hast du Hunger? Warte, ich gebe dir etwas von meinem kalten Braten. Den hat meine Marion für mich gekocht." Micky hörte der sonoren Stimme zu, er merkte, dass Frank ihm nichts Böses wollte. Deshalb folgte er ihm. Frank zerschnitt eine Scheibe Fleisch und gab sie Micky, dieser hatte schon sehr lange nicht mehr so gut gegessen.

Dann hob Frank ihn hoch, setzte ihn auf den Beifahrersitz und sagte zu ihm: „Ich nehme dich mit nach Hamburg, meine Tochter wird sich freuen. Sie hat sich schon immer eine rote Katze gewünscht. Dann ist auch unsere Katze Wilhelmine nicht mehr so allein."

Micky war es recht. Er hatte es schon lange satt, immer nur draußen zu leben. Er wollte endlich wieder ein Dach über dem Kopf haben und regelmäßige Mahlzeiten. Außerdem fehlte ihm menschliche Zuneigung. Er wollte nicht wirklich ein Straßenkater sein.

Micky in Hamburg

Sie fuhren ein paar Stunden, dann machten sie Rast. Micky vertrat sich die Beine und pieselte. Dann ging die Fahrt weiter. Sie fuhren in die schöne Stadt Hamburg ein. Frank erklärte Micky die Sehenswürdigkeiten, als wäre der Kater ein Gast, den er mitgenommen hatte. Micky schaute aus dem Fenster und sah die Alster und etwas weiter entfernt den Michel.

Dann bog der Lkw in eine ruhige, mit vielen Bäumen bewachsene Straße ein. Hier hatte Frank ein Haus mitten im Grünen. Als der Lkw hielt, kamen gleich seine Frau und seine Tochter angerannt. Das Mädchen rief: „Papa, Papa, da bist du ja endlich, wir haben schon sehnsüchtig auf dich gewartet." Frank stieg aus und nahm sein Kind, ihr Name war Marita, in den Arm. Dann küsste er seine Frau Marion. Er sagte zu den beiden: „Mädels, ich habe im Auto eine Überraschung für euch." Dann öffnete er die Beifahrertür, nahm Micky auf den Arm und sagte: „Darf ich vorstellen, das ist unser neuer Kater." Marita freute sich und sagte: „Papa, gib ihn mir, der ist aber süß. Wo hast du den denn her?" Frank antwortete: „Lass uns erst einmal hineingehen, ich erzähle euch gleich alles." Sie gingen ins Haus und Frank erzählte, wo er Micky gefunden hatte.

Der Kater inspizierte in der Zwischenzeit die Wohnung. Er roch auch, dass noch eine andere Katze im Haus war. Doch er sah sie im Moment nicht. Konnte er auch nicht, denn Wilhelmine stromerte draußen im Garten herum.

Wilhelmine

Wilhelmine war eine Katze, die man schon mit sechs Wochen ihrer Mutter weggenommen hatte. Seitdem war sie immer allein. Erst lebte sie bei einer alten Frau, die aber dann ins Altersheim kam. Später übernahm ihre Tochter die Katze. Doch als jene dann schwanger wurde, brachte man Wilhelmine ins Tierheim.

Im Heim musste man sie von den anderen Katzen trennen, weil sie diese immer anfiel. Sie duldete neben sich keine andere Katze.

Frank und Marion hatten schon immer eine Katze gewollt. Sie waren ins Tierheim gefahren und weil Wilhelmine ganz allein in einem kleinen Käfig saß, tat sie ihnen leid und sie nahmen die Katze mit.

Als sie bei den beiden zu Hause war, benahm sie sich ganz anders. Sie war lieb und schmusig.

Später durfte sie in den Garten, doch auch dort duldete sie keine andere Katze in ihrem Revier. Am Anfang beklagten sich die Nachbarn, die auch Katzen hatten, dass Wilhelmine alle Tiere verjagte. Doch mit der Zeit kamen keine Beschwerden mehr, wahrscheinlich hatten die anderen Katzen inzwischen Angst und mieden ihr Revier.

Bei Wilhelmine hatten die Menschen alles falsch gemacht. Eine Katze muss mindestens zwölf Wochen bei ihrer Mutter sein und danach auch gleich einen gleichaltrigen Kumpel bekommen, denn sonst wird sie nicht gut sozialisiert.

Micky und Wilhelmine

Micky hatte alles angeschaut, sich nach dem Futtern auf eine Decke gelegt und war eingeschlafen.

Wilhelmine kam gerade von einem Streifzug nach Hause und roch sofort, dass in ihrem Revier ein fremder Kater war. Sie plusterte sich sofort auf und fing an zu fauchen. Frank sagte zu ihr: „Wilhelmine, du brauchst nicht gleich zu fauchen, der Kater tut dir nichts.

Er hat eine weite Reise hinter sich. Sei nett zu ihm, er soll ab heute dein Kumpel sein. Also bitte benimm dich." Doch der Katze war egal, was Frank erzählte. In ihrem Revier war ein fremder Kater und der musste weg. Wilhelmine würde nie ihre Menschen mit einer anderen Katze teilen. Sie hatte es nicht kennengelernt, mit einem Artgenossen zu leben.

In der Zwischenzeit war Micky aufgewacht. Er roch sofort Gefahr. Deshalb sprang er von der Couch und lief geduckt durchs Zimmer. Auch er knurrte.

Wilhelmine gab Töne von sich, da bekam sogar Frank Angst. Marita weinte und Marion rief: „Frank, sie beißen sich gleich, wir müssen sie trennen.‟ Frank schnappte sich Micky und brachte ihn in sein Arbeitszimmer. Es dauerte lange, bis sich Wilhelmine wieder beruhigt hatte.

Wilhelmine mag Micky nicht

Marion googelte in der Zwischenzeit und las nach, wie man zwei Katzen aneinander gewöhnen könnte. Man gab ihr den Ratschlag, auf gar keinen Fall beide gleich zusammenzulassen.

Am besten wäre es, sie erst einmal in getrennte Zimmer zu setzen. Was sie jetzt gemacht hatten. So nach etwa drei Wochen sollte man die Tür des Zimmers öffnen, in dem die neue Katze ist, und eine Gittertür dazwischen setzen, damit beide sich sehen und riechen, sich aber nicht wehtun könnten.

Das machten sie auch alles, doch Wilhelmine spuckte und fauchte, was das Zeug hielt, wenn sie Micky sah. Mittlerweile waren schon zehn Wochen vergangen. Micky saß immer noch im Arbeitszimmer. Langsam war es allen zu viel. Sie überlegten sich, dass es wohl nichts mehr mit den beiden werden würde. Deshalb wollten sie Micky an gute Menschen vermitteln. Sie fragten in der Nachbarschaft und bei Arbeitskollegen nach, ob nicht jemand einen tollen roten Kater haben wolle. Doch keiner wollte oder konnte ihn aufnehmen. Entweder hatten sie schon Katzen oder einen Hund oder sie brauchten kein Tier.

Doch der arme Kater sollte auf keinen Fall ins Tierheim gebracht werden. Deshalb gaben sie eine Anzeige in ihrer Regionalzeitung auf. Daraufhin meldete sich eine alleinstehende Frau. Sie kam und schaute sich den Kater an – und er gefiel ihr.

Sie erzählte Frank und Marion, dass sie vor Kurzem ihren Kater, der fast zwanzig Jahre alt geworden sei, habe einschläfern lassen, dass dieser auch rot gewesen sei und Micky ihm ähnlich sehe. Marion hatte ein ungutes Gefühl, doch sie wollte auch, dass endlich wieder Normalität in ihrem Leben einziehen würde. Wilhelmine war, seitdem Micky bei ihnen lebte, mehr draußen als drinnen und das wollte sie nicht. Deshalb gaben sie der Frau den Kater für eine geringe Schutzgebühr mit.

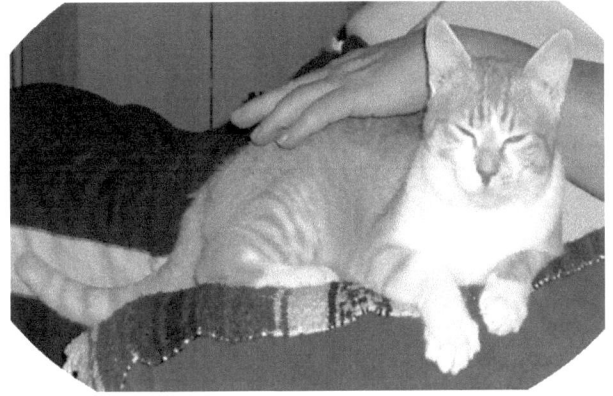

Micky bei Corinna

Corinna, so hieß die Frau, hatte ihren Kater Leon über alles geliebt. Sie wollte eigentlich nach seinem Tod keine andere Katze mehr haben, doch dann sah sie das Bild von Micky in der Zeitung. Dieser Kater sah ihrem Leon so furchtbar ähnlich, dass sie gar nicht anders konnte, als ihn sich zu holen.

Micky war froh, endlich die andere fauchige Katze los zu sein. Er entspannte sich bei Corinna und sprang gleich auf ihren Schoß. Doch diese war total erschrocken, so etwas hatte ihr Leon nicht gemacht. Deshalb scheuchte sie Micky herunter; dieser wusste gar nicht, was los war. Er sprang dann auf eine Decke und ringelte sich ein.

Micky war in vielen Dingen ganz anders als ihr Leon und das störte sie gewaltig. Sie hatte es schon bereut, diesen Kater aufgenommen zu haben. Dabei war Micky ein Traumkater, jeder andere Katzenfreund hätte sich sofort mit diesem hübschen Kater verstanden.

Doch Corinna nicht, sie hatte gedacht, dass sie Leon durch Micky ersetzen könnte. Doch der Kater hatte zwar das Aussehen von Leon, aber nicht seinen Charakter.

Sie wollte den Kater nicht mehr. Deshalb setzte sie ihn in den Katzenkorb, fuhr ein paar Kilometer weg von zu Hause und ließ ihn auf einem Parkplatz an der Autobahn heraus.

Micky lernt Bella kennen

Micky lief ein Stück weg von der Autobahn, er kannte Autos und sie waren ihm nicht geheuer.

Auf einmal stand ein Hund, besser gesagt eine
Hündin vor ihm. Es war Bella, sie hatte das gleiche
Schicksal wie Micky. Ihre Besitzer wollten sie nicht
mehr haben, weil sie schon alt war, und deshalb
banden sie das arme Tier an einen Baum. Sie konnte sich Gott sei Dank befreien und lebte schon seit
ein paar Tagen hier.

Sie stupste ihn mit ihrer Nase an, was heißen sollte: „Ich hab nichts gegen dich." So kam es, dass die beiden Freunde wurden.

Sie jagten Hasen und Mäuse, dabei halfen sie sich gegenseitig. Micky war das Überleben in der freien Natur gewohnt, Bella nicht. Aber sie stellte sich sehr geschickt an. Es war ein milder Herbst und es ging den beiden gut.

Trotzdem konnten sie nicht für immer draußen bleiben. Es würde bald kalt werden und außerdem taten Bella oft ihre Knochen weh, sie hatte Arthrosen. Beiden fehlten auch die menschlichen Zuwendungen. Es dauerte auch gar nicht lange und sie wurden von einem älteren Ehepaar entdeckt.

Micky und Bella kommen zu guten Menschen

Die beiden Menschen hatten schon oft Tiere aufgenommen und sie in gute Hände vermittelt. Sie fingen Bella und Micky ein und nahmen sie mit zu sich nach Hause. Sie selbst besaßen zwei Katzen und zwei Hunde.

Das Ehepaar, ihre Namen waren Bernd und Lara, gaben den beiden einen warmen Platz und etwas Anständiges zu essen. Am anderen Morgen fuhren sie mit ihnen zu einem Tierarzt und ließen sie untersuchen. Außer ein paar Zecken hatten sie nichts. Bella bekam ein Schmerzmittel gegen ihre Arthrosen.

Für Bernd und Lara war klar, dass sie Bella behalten würden, denn in ihrem hohen Alter würde sie kaum vermittelbar sein. Doch Micky sollte einen schönen Platz bei lieben Menschen bekommen. Sie hatten eine Homepage und stellten ein Bild von Micky ein.

Es dauerte auch nicht lange, da meldete sich ein Paar bei den beiden. Ihr Kater war erst vor Kurzem gestorben, und damit ihre Katze nicht alleine bleiben müsse, wollten sie gerne Micky zu sich nehmen.

Sie verabredeten einen Termin für den folgenden Samstag bei sich. Bernd und Lara sahen sich immer erst die Familienverhältnisse bei den Leuten an, bevor sie ein Tier weggaben.

Der Termin war gekommen, die beiden fuhren los. Sie nahmen Micky noch nicht mit. Erst wenn ihnen die Leute gefielen, durften diese das Tier abholen.

Als sie angekommen waren, wurden sie hereingebeten. Die beiden stellten sich als Rainer und Ramona vor. Die Umgebung gefiel Bernd und Lara schon einmal. Es war alles katzengerecht eingerichtet, außerdem gab es einen schönen großen Garten.

Doch dann sahen sie die andere Katze, diese war schon mindestens zwölf Jahre alt. Doch Micky war noch jung, er zählte höchstens drei Jahre. Das sagte Bernd dann auch und es stellte sich heraus, dass die andere Katze schon sechzehn war.

Entschieden zu alt für Micky, er hätte sich zu Tode gelangweilt. Die beiden nahmen das alles sehr genau. Eigentlich zu genau, denn Rainer und Ramona waren erfahrene Katzenhalter, sie hätten Micky schon beschäftigt, da wäre keine Langeweile aufgekommen. Doch wo kein Wille, da auch kein Weg. Bernd und Lara fuhren unverrichteter Dinge wieder zurück.

Micky wird endlich vermittelt

Micky hatte sich schon sehr schön eingewöhnt. Er vertrug sich, wie sollte es anders sein, mit all den anderen Tieren von Bernd und Lara. Er machte die drolligsten Sachen, sodass die beiden Menschen ihn am liebsten behalten hätten, doch es ging einfach nicht. Sie wollten noch andere Tiere aufnehmen, um sie an gute Menschen weiterzugeben. Wenn sie alle Katzen behalten würden, dann wäre ihr Haus bald zu klein. Mit fünf Tieren war ihr Limit schon mehr als ausgeschöpft. Bella war alt und sie hatte wenig Chancen, vermittelt zu werden. Micky hingegen war noch jung, für ihn müsste doch wohl jemand zu finden sein. Sie gaben eine Anzeige auf.

Es meldete sich ein Ehepaar in den besten Jahren. Diesmal stimmte alles. Sie besaßen einen Kater vom rumänischen Tierschutz, gut sozialisiert und altersmäßig passten die beiden auch zusammen. Also kam Micky zu Karin und Dirk.

Karin, Dirk und Tigger

Karin und Dirk waren erst seit ein paar Monaten zusammen. Vorher durchlebten beide eine schlimme Ehe. Karin hatte sich von ihrem Mann scheiden lassen, da dieser allem gegenüber negativ eingestellt war und sie es nicht mehr mit ihm aushalten konnte.

Dirk dagegen war in seinen 15 Ehejahren immer wieder von seiner Exfrau betrogen worden. Auf einer Party von Freunden hatten sich Karin und Dirk kennengelernt. Sie waren sich gleich sympathisch gewesen.

Ihre Freunde schmunzelten schon, weil sie die ganze Nacht miteinander sprachen und nicht merkten, wie die Zeit verging. Nach der Feier wurde Karin von Dirk nach Hause gebracht und beide verabredeten sich für den kommenden Freitagabend. Von da an sahen sie sich regelmäßig und zogen schon bald darauf zusammen.

Weil beide sehr tierlieb waren und gern ein Tier haben wollten, holten sie sich Tigger. Er hatte schon sehr viel in seinem kurzen Leben durchgemacht.

Tierschützer befreiten ihn, kurz bevor er nach Deutschland gekommen war, aus einer Tötungsstation. Davor lebte er auf der Straße und musste oft den Menschen ausweichen, weil sie ihn sonst geschlagen oder getreten hätten. Doch nun ging es ihm bei Karin und Dirk sehr gut. Ihm fehlte nur noch ein Spielkamerad. Deshalb holten die beiden Menschen Micky dazu.

Micky und Tigger

Dirk stellte den Transportkorb ins Wohnzimmer.
Tigger schnüffelte auch gleich daran. Dann ließ Dirk
Micky aus der Box.

Micky sprang heraus, gab Tigger einen kurzen
Nasenstüber und inspizierte die Wohnung – Tigger
immer neugierig hinterher. Keiner von beiden
fauchte den anderen an. Sie waren es immer gewöhnt gewesen, mit anderen Katzen zusammen zu
sein. Ein Vorteil war auch, dass sie mit ihren Ge-
schwistern sehr lange bei ihren Müttern gewesen
waren. Diese hatten die Katzen auf das Leben vor-
bereitet.

Und weil beide, Tigger wie auch Micky, in einer Kat-zenkolonie groß geworden sind, waren sie sehr gut sozialisiert. Es dauerte auch nicht lange, da lagen beide schon zusammen auf dem Sofa.

Micky hatte endlich die Menschen gefunden bei denen er für immer bleiben wollte.

Micky auf einem Bauernhof

Micky lebte jetzt schon über zehn Wochen bei Karin und Dirk. Er durfte auch schon in den Garten. Die beiden Menschen wohnten in der Nähe eines Bauernhofes. Sie hatten ein schönes großes Haus mit einem Garten. Micky war sehr neugierig und inspizierte die nähere Umgebung.

So kam es, dass Micky zu dem Hof lief, um alles zu erkunden. Abends, als Dirk ihn rief, kam er nicht, sodass jener ihn suchen ging. Er schaute auch auf dem besagten Bauernhof nach.

Doch was er da sah, verschlug ihm den Atem. Hier gab es mindestens zwanzig halbwilde Katzen.

Viele Junge, fast alle waren krank. Eine sehr magere Katzenmutter hatte ein gebrochenes Bein, der Knochen ragte heraus. Natürlich war die Wunde schon infiziert. Dirk sah Micky, wie dieser einem kleinem Kater, der ein kaputtes Auge hatte, sein Köpfchen ableckte. Als er ihn rief, lief er zu ihm. Dirk nahm Micky auf den Arm und ging nach Hause. Er war total erschüttert. Er erzählte Karin alles und sagte: „Da müssen wir etwas unternehmen. Die Katzen sind fast alle krank und halb verhungert, so kann das nicht bleiben. Ich glaube, auf dem Hof lebt gar keiner mehr, dort sah alles sehr heruntergekommen aus.

Am besten ist es, wir rufen den hiesigen Tierschutz an. Ich werde gleich noch einmal hinübergehen und die Katzen füttern. Die verletzte Katze bringe ich mit und fahre mit ihr zum Tierarzt. Du kannst in der Zwischenzeit ja schon mal bei ihm anrufen und mich anmelden."

So taten sie es auch. Erst fuhren sie mit der armen Katze zum Tierarzt. Dieser stellte fest, dass die Katze Milch hatte, also noch Babys versorgte. Außerdem war nicht nur das Bein gebrochen, sie hatte auch innere Verletzungen. Er konnte sie nur noch von ihren Schmerzen erlösen. Wahrscheinlich war sie von einem Auto angefahren worden.

Der Hof

Als sie zurückkamen, begruben sie die arme Katze im Garten, anschließend rief Dirk beim Tierschutz an. Diese versprachen auch, am Nachmittag mit mehreren Lebendfallen vorbeizukommen.

In der Zwischenzeit fragte Dirk bei den Nachbarn, ob sie wüssten, wem der Hof gehörte. Die meisten konnten ihm keine Antwort geben, doch eine ältere Frau erzählte: „Der Hof steht schon seit ein paar Jahren leer. Der Bauer war gestorben und seine

Nachfahren haben das Erbe abgelehnt, weil dort sowieso nichts zu holen war. Das Veterinäramt hatte zwei total abgemagerte Pferde mitgenommen. Den Hofhund mussten sie einschläfern lassen, der war völlig durchgedreht.

Die Katzen wurden sich selbst überlassen. Die erste Zeit bin ich ab und zu mal rüber und habe Futter hingestellt, doch dann konnte ich es nicht mehr. Ich weiß jetzt, ich hätte den Tierschutz einbeziehen sollen, doch daran hatte ich auch nicht gedacht." Karin war sprachlos, sie sagte: „Da wird immer über die südlichen Länder geschimpft, doch hier ist es auch nicht viel besser. Sie müssten sich die armen Tiere mal anschauen, wirklich furchtbar." Die ältere Frau wurde rot und sie antwortete: „Als der Hofherr starb, gab es nur wenige Katzen dort, doch jetzt hat es überhandgenommen. Die Tiere müssten alle kastriert werden und eine Futterstelle sollte eingerichtet werden. Nur, das kann ich mit meiner kleinen Rente nicht machen." – „Das sagt auch keiner, wir werden uns jetzt darum kümmern", sprach Karin zu der Frau. Dann ging sie ins Haus und wartete mit Dirk auf den Tierschutz.

Die Katzen werden abgeholt

Die Mitarbeiterinnen vom Tierschutz kamen und dann gingen alle auf den Hof. Die meisten von den Katzen ließen sich problemlos einfangen. Sie waren schon so schwach, dass sie sich nicht wehrten. Zwei ältere Kater liefen immer ein Stück weg, doch als die Tierschützerinnen Fleisch in die Fallen legten, gingen die beiden sofort in die Falle. Sie hatten sehr großen Hunger.

Es wurden insgesamt 23 Tiere eingesammelt. Darunter waren noch zwei ganz kleine Katzenbabys, die erst seit ein paar Tagen das Licht der Welt erblickt hatten. Die kleine Katze, die der Tierarzt einschläfern musste, war wahrscheinlich ihre Mutter gewesen.

Karin fragte eine Tierschützerin: „Was geschieht denn jetzt mit den Katzen?" Diese antwortete: „Erst einmal werden alle vom Tierarzt untersucht und behandelt. Wie ich schon gesehen habe, werden es einige wohl leider nicht schaffen, sie sind schon so schwach. Die besten Chancen hat wohl der ganz junge Wurf, er ist noch nicht krank, außer Flöhe und Würmer hat er wohl nichts. Aber die anderen Katzen sehen schrecklich aus, ihre Augen sind stark entzündet, einige sind wohl blind. Ich denke, die wird der Tierarzt erlösen müssen. Es ist immer so schrecklich, wenn wir solche Katzenpopulationen finden. Und glauben Sie mir, das hier ist kein Einzelfall. Wir werden in letzter Zeit sehr oft zu solchen Höfen gerufen. Oft stirbt der alte Bauer und die Erben wollen nichts übernehmen. Meistens hat der ‚Alte' das Anwesen sowieso schon heruntergewirtschaftet. Aber bei den heutigen Fleisch- und Milchpreisen ist das ja kein Wunder. Alle wollen nur Billigware und denken trotzdem, dass ihr Fleisch von der Weide kommt. Wie dumm doch manche Menschen sind."

Karin stimmte der Frau zu, sie aß schon lange kein Fleisch mehr, auch die anderen tierischen Produkte verschmähte sie. Dann fragte sie noch: „Können mein Mann und ich etwas tun? Wir haben zwar schon zwei Katzen, aber den Wurf würden wir gerne großziehen und dann gut vermitteln."

Die Tierschützerin freute sich, denn sie lebten von Spenden. Deshalb war es immer toll, wenn ihnen jemand half. Sie erklärte Karin noch, was sie bei der Aufzucht alles beachten müsste, und dann verabschiedete sie sich.

Micky und die Katzenbabys

Jetzt brach eine sehr aufregende Zeit an, Karin und Dirk mussten die erste Zeit den Babys alle zwei Stunden ein Fläschchen geben und ihnen danach den Bauch massieren. Micky übernahm das später, denn er wusste wohl durch seine vielen Aufenthalte in verschiedenen Katzenkolonien, wie man das machte. Er kümmerte sich auch sonst sehr rührend um die zwei.

Tigger war ein kleines bisschen eifersüchtig, doch das legte sich mit der Zeit. Beide Babys waren kleine Katzenmädchen und bekamen die Namen Rosi und Emmy. Sie entwickelten sich prächtig. Rosi hatte ganz rotes Fell und Emmy war rot mit weiß.

Karin und Dirk wollten sie doch nicht mehr vermitteln. Vier Katzen waren nicht zu viel. Sie hatten das große Haus und den schönen Garten. Alle vier Katzen verstanden sich großartig, also warum sie trennen? Deshalb blieben die beiden Mädchen auch bei ihren neuen Menschen.

Mittlerweile waren die Babys schon propere kleine Katzen und 20 Wochen alt. Sie hatten sich toll entwickelt. Dirk war gerade dabei, den Garten katzensicher einzuzäunen, damit die Kleinen auch rauskonnten. Doch er war überhaupt nicht bei der Sache, er hatte große Probleme.

Dirk und seine Firma

Dirk hatte eine kleine Schreinerwerkstatt mit zehn Angestellten. In letzter Zeit blieben Aufträge aus und Rechnungen konnten nicht bezahlt werden.

Er stand kurz vor dem Konkurs und weil er Verantwortung für seine 10 Mitarbeiter hatte, musste er sehen, dass die Arbeitsplätze erhalten blieben. Mehr als die Hälfte seiner Angestellten hatte Familie.

Deshalb wollte er das Haus und die Finka, die sie in Spanien besaßen, verkaufen. Dirk wusste, dass er es endlich Karin erzählen musste. Doch es fiel ihm sehr schwer, denn seine Frau würde sehr enttäuscht sein, sie wollte doch ihren Lebensabend mit ihm und den Katzen in Spanien in ihrer Finka verbringen. Doch die Firma ging vor! Er musste alles verkaufen, um seine 10 Angestellten vor der Arbeitslosigkeit zu bewahren.

Deshalb bestellte er für den Abend einen Tisch bei ihrem Lieblings-Italiener und dort wollte er es ihr beichten. Gegen 20 Uhr traf er ein, Karin war schon da und hatte sich einen Prosecco bestellt. Sie begrüßte ihn mit Küsschen und dann bestellten sie beide das Essen. Er war ziemlich schweigsam und sie fragte ihn, was los sei. Da musste er raus mit der Sprache. – Als er fertig war mit erzählen, sagte Karin zu ihm: „Deshalb warst du in letzter Zeit so in dich gekehrt. Du hättest es mir ruhig schon früher sagen können. Es sind doch nur materielle Dinge, an denen hänge ich nicht. Hauptsache, wir haben uns und die Katzen. Nun lass uns überlegen, was wir noch tun können. Erst einmal werden wir das Haus und die Finka verkaufen. Ich werde außerdem noch die großen Möbelhäuser in der Umgebung anschreiben." Karin wollte das gleich am anderen Tag in die Wege leiten.

Dirk war unendlich erleichtert, dass er es endlich seiner Frau gebeichtet hatte und dass sie es gar nicht so schlimm aufnahm. Als sie nach Hause fuhren, war er das erste Mal seit langer Zeit wieder etwas entspannter.

Am anderen Morgen gingen sie gemeinsam in die Firma und Karin legte los; sie schrieb alle Möbelhäuser an und telefonierte mit verschiedenen Zeitungen in der Umgebung, um Werbung für ihre Werkstatt zu machen.

Ein paar Tage später meldete sich eine große Möbelfirma aus der nahen Kreisstadt und nach mehreren Verhandlungen bekamen Karin und Dirk einen Großauftrag, der ihre Firma für lange Zeit am Leben erhalten würde.

Jetzt brachte die Firma endlich wieder Gewinn ein.

Das Haus und die Finka hatten sie sehr schnell veräußern können. Davon kauften sie sich ein kleineres Häuschen am Stadtrand, das beiden sogar besser gefiel als ihr altes Haus.

Nach ein paar Monaten lud Dirk seine Karin zu einem Urlaub an die Ostsee ein. Die Katzen wurden von Karins Nichte versorgt.

Sie wohnten in einer kleinen, hübschen Pension. An einem schönen Sommerabend gingen sie beide am Strand spazieren. Der Strand wirkte verlassen, die Wellen rauschten, über ihnen funkelten die Sterne. Da meinte Karin zu ihrem Dirk: „Hier ist es wunderschön, fast so wie in Spanien. Es ist so ruhig, man hört nur das gleichmäßige Rauschen des Meeres. Schau mal, wie schön hell der Mond scheint. Trotzdem fehlen mir unsere Katzen." Dirk antwortete: „Wenn du willst, können wir morgen nach dem Frühstück nach Hause fahren." Da war Karin glücklich und gab ihrem Mann einen Kuss. Sie sagte: „Ich liebe dich, auch dafür, weil du mich immer so gut verstehst." Am anderen Morgen fuhren sie zurück.

Micky ist verschwunden

Es waren ein paar Wochen vergangen. Sie hatten ihr Haus hübsch eingerichtet. Den Katzen gefiel es hier auch. Ihnen war egal, wo sie wohnten, Hauptsache, sie waren bei ihren Menschen.

Karin hatte Geburtstag. Am Abend wollten sie mit ihren Freunden essen gehen. Die Katzen waren noch draußen. Sie mochten das ganze Chaos nicht und gingen deshalb lieber den ganzen Tag in den Garten. Aber auch sie hatten mal Hunger, deshalb kamen sie jetzt so nach und nach herein. Nur Micky nicht. Aber weil es ein schöner Sommerabend war, machten sich die beiden Menschen noch keine Gedanken. Sie gingen erst einmal zu ihrem Essen.

Doch auch als sie spät in der Nacht vom Essen zurückkamen, war der Kater immer noch nicht da. Jetzt machten sie sich große Sorgen, er war noch nie so lange weggeblieben.

Dirk holte sich die Taschenlampe und ging ihn suchen. Aber er fand ihn nicht. In der Nacht bekamen sie kaum ein Auge zu. Am anderen Morgen fragte sie noch einmal die Nachbarn, doch niemand hatte ihn gesehen. Micky war wie vom Erdboden verschluckt.

Micky ist eingesperrt

Micky spielte mit seinen Katzenkumpels im Garten. Doch dann war es ihm zu langweilig geworden und er hatte die Umgebung inspiziert. Weil er sehr neugierig war, ging er in einen Schuppen.

Dort standen viele schöne Sachen drin. Er untersuchte gerade einen offenen Karton, als der Besitzer des Schuppens die Tür schloss. Nun war der rote Kater eingesperrt. Erst kratzte er an der Tür, dann fing er an zu miauen. Doch der Besitzer war schon im Haus.

Micky bekam Panik und suchte einen Ausgang. Ein Glück, dass es draußen nicht mehr so warm war, sodass der Raum sich nicht so stark erhitzte. Erst kratze er an der Tür, dann miaute er ganz lang, doch dann ergab er sich in sein Schicksal und legte sich auf eine Decke, die im Schuppen lag.

Micky wird wiedergefunden

Karin und Dirk suchten Micky jeden Tag. Sie hängten Plakate auf, riefen bei den Tierärzten an und waren auch im Tierheim, um Bescheid zu sagen. Sie klingelten bei den Nachbarn, ob sie nicht in ihren Kellern und Schuppen nachsehen könnten. Doch von Micky keine Spur.

So kamen sie auch zu dem Mann, in dessen Schuppen Micky saß. Mittlerweile waren schon drei Tage vergangen. Der Mann schloss widerwillig seinen Schuppen auf. Karin sagte zu ihm: „Bitte, gehen sie einen Schritt zur Seite, vielleicht zeigt er sich nicht, weil er Angst vor Ihnen hat." Auch das tat der Mann. Karin rief ihren Kater. Micky hatte sich versteckt, als die Tür aufgeschlossen wurde. Doch dann hörte er die Stimme seines geliebten Frauchens und er kam aus seinem Versteck und sprang Karin auf den Arm. Sie küsste ihn immer wieder und die Tränen liefen ihr über das Gesicht. Der Mann sprach: „Oh, da muss ich den armen Kerl wohl mit eingesperrt haben. Das habe ich gar nicht gemerkt. Ein Glück, dass sie bei mir geklingelt haben. Ich hoffe, ihm geht es gut. Ab jetzt werde ich immer noch einmal gucken, ob sich nicht ein Tier in meinen Schuppen verlaufen hat."

Karin und Dirk bedankten sich bei dem Mann. Anschließend gingen sie schnell nach Hause und gaben Micky Futter und Wasser. Er trank fast den ganzen Napf leer. Das Futter ließ er sich auch schmecken.

Später fuhren sie mit ihm zum Tierarzt, er bekam eine Infusion, weil er ein bisschen ausgetrocknet war. Aber sonst schien er gesund. Sein kleiner Ausflug war glimpflich ausgegangen. Karin und Dirk waren heilfroh, dass sie ihren „Roten" wiederhatten.

Die ganze Katzenbande und ihre Menschen

Die beiden Katzenmädchen begrüßten Micky mit einem Nasenstüber und Tigger leckte Micky sofort das Fell. Sie hatten ihn schon sehr vermisst.

Karin und Dirk verwöhnten den kleinen Roten. Sie waren so froh, dass er wieder zu Hause war. Micky ging auch erst einmal ein paar Tage nicht mehr hinaus. Er schlief oft und wenn er träumte, zuckten seine ganzen Glieder. Wahrscheinlich träumte er von seinem Abenteuer. Es hätte alles viel schlimmer ausgehen können. Ein Glück, dass der Mann zu Hause gewesen war und die Schuppentür geöffnet hatte.

Doch nun waren sie alle wieder zusammen. Die Katzenbande erlebte noch einige Abenteuer bei ihren Menschen – doch das sind wieder andere Geschichten …

Nachwort

Micky hat das sicher nicht alles erlebt. Doch ein bisschen Wahrheit steckt auch in dieser Geschichte. Der kleine Kater lebte, bevor er zu uns kam, auf der Straße.

Leider gibt es im wahren Leben nicht immer ein Happy End. Er muss in seinem kurzen Leben eine Menge Stress gehabt haben, sonst wäre Micky nicht schon nach sechs Wochen, die er in Deutschland lebte, an FIP gestorben. Denn *Feline Infektiöse Peritonitis* entsteht durch *Coronaviren*, die stressbedingt mutieren und das Bauchfell entzünden. Es ist eine fast immer tödlich endende Krankheit.

Solange es Menschen gibt, die ein Tier nicht respektieren, wird es immer Grausamkeiten Tieren gegenüber geben.

Danksagung

Ich danke Nicola Haastert, Marita Arnold, Carmen Fenzel, Patricia Hornung, Conny Vogel, Hanna Lindner, Katarina Laudan, Julia Schneider, Christiane Otto und Frank Tobies, die mir ihre Bilder zur Verfügung stellten.

Emmy
Ein langer Weg zum Glück
140 Seiten
ISBN: 978-3-7322-4275-7
11,50 €

Mohrly
Ein kleiner Kater sucht seine Familie
152 Seiten
ISBN: 978-3-7322-4108-8
12,50 €

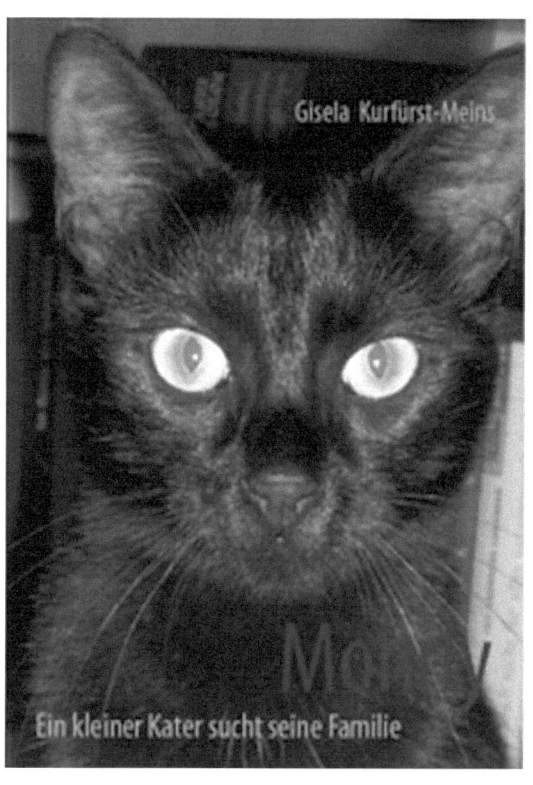

Felix
Und seine Abenteuer
140 Seiten
ISBN: 978-3-7322-4182-8
11,80 €

Willi
Der kleine schwarze Kater
134 Seiten
ISBN: 978-3-7322-8197-8
11,80 €

Mienchen
Die kleine blinde Katze
140 Seiten
ISBN: 978-3-7322-9171-7
11,50 €